Klabund

Kriegsbuch

CLASSIC PAGES

Klabund

Kriegsbuch

Reihe: *classic pages*

ISBN: 978-3-86741-520-0

Auflage: 1
Erscheinungsjahr: 2010
Erscheinungsort: Bremen, Deutschland

Inhalt

Bett Nr. 13

"Chinin", sagte der junge Assistenzarzt und sah durch das Fenster der Baracke.

Auf dem Hofe hüpften vier Mann um ein Maschinengewehr. Ein Leichtverwundeter schwebte blaugestreift unter den Kastanien. Im Schützengraben, der zur Übung angelegt war, turnte eine Katze.

Schwester Crescenzia neigte die schmale weiße Stirne und ging zur Hausapotheke.

Der junge Assistenzarzt seufzte.

Er dachte an Manon.

Er sehnte sich nach ihr.

Pferde sind doch netter als Frauen. Und mindestens ebenso hysterisch.

Er fasste die Hand des Kranken, zählte den Puls, sah auf die Uhr und ging zerstreut und sporenknarrend hinaus.

Nr. 13 hob sich sanft aus dem Bett.

Seine grauen Augen schlichen hinter dem Arzt her, wie Ringelnattern. Sie versuchten sich zwischen den Türspalt zu schieben. Die Tür fiel klappernd und zitternd ins Schloss.

Die Augen kamen zurück. Nr. 13 dachte nach.

Chinin hat er gesagt. Was heißt das?

Nr. 13 sank in die kahlen Kissen zurück.

Man ist so einsam. So einsam, wie ... wie ... wie ein Mensch. Die Kissen sind so kalt. Man selber so heiß. Und die ganze Stube brennt vor Hitze.

5

Herrgott ist das eine Hitze.

Wie damals in Südwestafrika.

Die Zuckerfabrik von Souchez ... alle Wetter ... alle Himmel ... das war keine Kleinigkeit. Auf *der* Fabrik möcht ich keine Aktien stehen haben.

Chinin - Gott, wo hab' ich das nur schon gehört. Chinin. Chi-na. Nein, das ist es nicht.

Nr. 13 versuchte sich aufzurichten. Hinter ihm, am Bett, drohte eine schwarze Tafel. Da waren Zahlen drauf geschrieben und ein paar lateinische Namen. Fieberkurven kletterten in den Himmel.

Nr. 13 erschrak.

Ich erblinde.

Ich muss blind geworden sein. Ich kann nicht mehr lesen. Kann ich noch schreiben? Ich möchte was schreiben. Kleine Gedanken. Einen Vers. Ich bin doch nicht dumm. Ich hab' doch mal zwei Gedichte in der "Jugend" gehabt. Und eine Geschichte von mir ist ins Russische übersetzt worden. Von einer weichen Russin.

Die war meine Geliebte. Meine einzige.

Nein: Meine einzige nicht. In Südwest damals: Da war noch eine. Ein Hereromädchen. 14 Jahre alt. Mit Brüsten wie Kupfer. Das wird jetzt beschlagnahmt. Mit Händen wie Wiese. Und stolzen Knabenfüßen. Und einem Oasenmund.

Ich bin dazu verdammt, meine Feinde zu lieben. Meine Feindinnen.

Ich bin ein Christ. Von Pastor Gluschke konfirmiert.

6

Wie hieß die süße Negerin. Ro - ri. Ro - ri. Das klingt eigentlich wie ein alkoholfreies Erfrischungsgetränk.

Sie war gar nicht schwarz, sondern kakaobraun. Und ein Kind hatte sie: drei Monate alt. Das schnupperte wie eine Maus, und schnappte spielend nach meiner Hand.

Wenn ich nur ein Kind von ihr hätte.

Nr. 13 bebte.

Ich will noch nicht sterben. Ich will ein Kind haben. Einen Sohn. Einen Afrikaner. Damit ich leben bleibe, wenn ich sterbe.

Schwester ... Schwester, kommen Sie ... helfen Sie mir ... ich will ein Kind ...

Die Schwester nahte mit kurzen hasenhaften Schritten.

"Was haben Sie?" fragte sie mild und ihre Haube neigte sich über ihn, "haben Sie Schmerzen?"

"Chinin - was ist das? Was hab ich für eine Krankheit?"

Nr. 13 bebte.

"Es wird alles wieder gut", sagte die Schwester leise und streifte das Bett.

Dann wandte sie ihr kühles Gesicht zur Seite.

Meine Lunge ist ganz voll Sand, fühlte er.

Ein heißer Wind kräuselt meinen Kopf, als ob er ein Meer wäre. Die Steppe steigt über meine Schultern. Mit funkelnden Sohlen. Sandflöhe wimmeln in meinem Hemd.

Kakteen stechen mein Herz.

Schwester! Ich habe Südwest mitgemacht. Ich bin ein Südwest-Afrikaner. Sehen Sie die gelbe Medaille auf meiner Brust?

Windhuk bricht aus meinen Blicken. Okahandja weint. Tausend Ochsen stampfen durchs Gelände. Antilopen springen fern auf bläulichen Gipfeln. Affen hängen in schwankenden Ästen. Ich blühe auf wie die Victoria regia.

Glanz bin ich und flach: ein riesiges Blatt. Ein rosiger Laubfrosch sitzt auf meinem Bauch.

"Malaria im Rückfall", sagte der junge Assistenzarzt und dachte an Manon. "Ich habe ihn sowieso bloß auf zwei Tage geschätzt."

Der sterbende Soldat

Tag und Nacht sind nicht mehr. Sind versunken wie Segelschiffe hinterm Horizont des Meeres. Ich weiß nicht mehr von Tag und Nacht. Von Sonne und von den grauen Krähen der Dämmerung. Von der Erde und von der runden Kugel des Glücks. Wir marschieren. Wir marschieren bei Tag. Wir marschieren bei Nacht. Wir schlafen in der Nacht. Wir schlafen am Tag. Wir schießen Tag und Nacht. Wenn ich mich umdrehe, steht die Zeit wie eine rosaschwarze Wand vor mir. Kein Tag. Keine Nacht. Kein Monat. Kein Jahr. Nur ein blutendes Feld, blutrote Ackererde, aus dem unsere Leiber wie weiße Blumen in den Himmel wachsen. Wie Tau netzt der Himmel meine Augen. Ich möchte immer blühen. Schmale Lilie. Schwertlilie. Ich habe nie so stark an mich geglaubt. Wenn ich die Hand hebe, werde ich eine Granate im Fluge aufhalten. Ich habe Durst. Nach Wasser. Nach Feuer. Ich will Feuer schlucken wie die östlichen Zauberer. Mein Pferd ist tot. Es muss irgendwo neben oder unter mir liegen. Worauf soll ich nun reiten? Ich werde auf einem toten Engländer in die Hölle reiten. Aber Lilli will es nicht. Sie fasst meine Hand, ich bin ja blind, und wird mit mir den Himmel suchen gehen. Lilli, sag' ich, hier riecht es nach Veilchen, hier ist der Himmel. Sie lässt meine Hand los. Ich sehe sie nicht mehr. Da vorn ist eine andere Hand. Eine leuchtende Hand. Rauchgeschwärzt. Sie greift nach dem Haus mit dem Schindeldache. Die Hand wird auf einmal Mund. Sie frisst das Haus. Kaut an ihm. Wenn der Wachtmeister wüsste, dass ich hier so faul liege, während er Appell hält. "Ulan Bubenreuther", wird er rufen. "Ulan Bubenreuther...?" Niemand meldet sich. "Ulan Bubenreuther vermisst ..." Ich habe Durst. Ich

9

möchte etwas trinken. Etwas Heißes. Ich friere. Hei-
ßen Tee. Ich muss lachen, wenn ich an die polnischen
Juden denke, die uns immer Tee verkauften: "Gebe Sie
Münz, Herr, kriege Sie heiße Tei ..." Sie haben keine
Heimat. Niemand hat eine Heimat. Nur der Tod. Er
ist überall zu Hause. Wo ist die kleine Stadt, in der ich
geboren wurde? Die engen Straßen gehen krumm und
gebückt vor Alter. Die jungen Mädchen laufen Schlitt-
schuh. Bürger eilen mit wichtigen Mienen zu Geschäft, Versammlung oder Kneipe. Die Oder rauscht
unter den Schollen. Die Patina des Marienkirchturms
glänzt in der Wintersonne violett und grün. Es muss
wer gestorben sein - der Küster läutet die Glocken. Ich
will leise mit der Lanze winken. Vielleicht, dass er
mich sieht.

Mein Bruder erzählte

Weißt du, dass von den Verwundeten, die aus der Front zurückkehren, keiner mehr singen will? Wir haben eine ganze Anzahl Leichtverwundeter, die schon wieder Garnisondienst tun, in der Kompanie, aber wenn wir singen: „Drei Lilien" oder „Heimat, o Heimat, ich muss dich verlassen ...", schweigen sie und haben große Augen. Die beiden Reber - du kennst sie doch? Die Söhne vom Hauptlehrer Reber - stehen schon im Feld ... in Galizien oder Polen ... und haben fünf Tage nichts als rohe Rüben gegessen ... Hans ist am 28. Oktober nach Belgien gekommen. Kaum auswaggoniert, mussten sie bei Dixmuiden zum Sturm vor. Dreimal in 36 Stunden. Dixmuiden brodelte wie der Hexenkessel in Goethes 'Faust' ... Hans ist verwundet ... Bauchschuss ... Er ist schon wieder zurück und liegt im Lazarett ... Ich habe ihn gestern besucht ... Sie lagen zu zwölfen im Zimmer, und einer saß auf dem Bettrand und spielte Harmonika. Es war ein Pole, und er spielte eine schwermütige Melodie. Einige lasen Zeitung und einem, dem der Kopf ganz verpackt war, flößte die Schwester durch eine Glasröhre warme Milch ein. Er lächelte dankbar ... Hans' Aussehen hat sich derartig verändert, dass ich ihn kaum wiedererkannte und betroffen anstarrte. "Guten Tag, Hans." "Guten Tag, Jochen." "Wie geht's?" "Man so." Sein Gesicht war blassblau, gläsern, etwa wie das Weiße eines gekochten Kiebitzeis. Seine Augen brannten in einem fremden Feuer, und ein kleiner blonder Bart hing in Fransen um sein Gesicht ... Ich habe einmal in Berlin einen bulgarischen Offizier gesehen, der die beiden Balkankriege mitgemacht hatte. Ich wusste nicht, weshalb er so tote weiße Augen machte. Jetzt weiß ich es

... Hans sagte: "Ich habe viel erlebt." Bei dem Wort "erlebt" stutzte er, dachte nach und meinte: "Man müsste eigentlich sagen: ersterben, statt erleben ... Und ich war nur zwei Tage draußen." Er drehte sich zur Wand. "Als wir mit fiebernden Händen die Bajonette aufpflanzten ... wir waren zum ersten Mal im Feuer ... wir gingen gegen englische Kerntruppen wie die Teufel los ... Aber niemand schrie Hurra ... Willst du mir das glauben? ... Die Schrapnells platzten wie Mehlsäcke ... die Granaten zischten, als strichen Millionen Geiger über das höchste Fis ... die Maschinengewehre gackerten wie überlaute Hennen ... und einer von uns schrie, schrie sein ganzes Herz hinaus: 'Mutter!' Und wie ein Echo rollte dieser Schrei unsere Reihen entlang ... Mutter! ... Mutter! ... Mutter! ... Unter diesem Kampfruf, immer wilder, immer heftiger hinausgestoßen, rannten wir gegen die feindlichen Stellungen ... Und wir nahmen sie ... Ich weiß nicht, wie lange ich so gelaufen bin ... Jahre müssen vergangen sein ... meine Beine stampften wie eine Maschine ... Auf einmal bekam ich einen Schlag gegen den Bauch, brüllte noch: 'Du verfluchter Hund' und fiel um ... Ich erwachte auf einer Tragbahre, sah ein rauchgeschwärztes Dorf und einen belgischen Pfarrer in Soutane an einem Baum hängen ... Dann schlief ich wieder ein ... Und wieder nach vielen Jahren erwachte ich hier ... Ich muss so alt geworden sein ... Grüße Lilly von mir, sie möchte mich besuchen, wenn es ihre Eltern erlauben ... Wie schade, dass wir uns nicht werden heiraten können, und dass ich kein Kind von ihr haben werde." Dann drehte er sich wieder von der Wand weg, gab mir die Hand und sagte: "Adieu." Ich schnallte mein Koppel um, der Pole spielte wieder auf seiner Mundharmonika, und ich ging so leise, wie ich's mit meinen Kommissstiefeln fertigbrachte. Hans ist nicht älter als ich. Siebzehn Jahre. Er wird sterben. Was er sagte, hat mich sehr nachdenklich gestimmt, besonders, dass er gern ein Kind haben möchte. Aber ich begreife es. O, wie sehr ich es begreife. Ich bin ja zum letzten Mal auf Urlaub hier. Nächste Woche muss ich hinaus. Nach Ostpreußen. Oder nach Arras. Wie es der Zufall schickt. Dann grüße Ruth von mir und erzähle ihr das, was Hans mir von Lilly erzählt hat.

Der Bär

Diese Geschichte beginnt wie ein Märchen der Brüder Grimm. Es ist aber kein Märchen. Es ist auch keine rechte Geschichte mit dem nötigen Schlusspunkt: eine runde Geschichte etwa, rund und durchsichtig wie eine Glaskugel, mit einer schillernden Moral. Diese Geschichte ist nämlich (beinahe) wahr und hat sich zugetragen in der kleinen Stadt, in der ich kürzlich zu Besuch weilte. Sie ist nichts als eine traurige und lächerliche Arabeske zu dem erhabenen Ereignis des Krieges, das sich draußen (weit von hier, die kleine Stadt weiß nicht wo ...) abspielt.

An dem Tage, an dem Deutschland an Russland den Krieg erklärte, traf in der kleinen Stadt der weit- und weltberühmte Zauberer Francesco Salandrini ein, welcher dort eine Vorstellung seiner großen und geheimen Künste zu geben gedachte. Er vermochte Wasser in Wein und Wein in Wasser zu verwandeln. Er zog den Bauernburschen auf dem Lande und den verblüfften Jünglingen und den kichernden Fräuleins der kleinen Städte nur so die Taler aus Nase und Ohren und ließ sie klappernd in seinen schwarz polierten Zylinder springen, obgleich offensichtlich zutage trat, dass er selber nicht im Besitze eines einzigen dieser silbernen Dinger war. Er zerschlug in seinem bereits erwähnten Zylinder, dem man gewisse magische Kräfte nicht absprechen durfte, ein halbes Dutzend roher Eier und buk ohne Feuer und ohne Pfanne in nichts als eben diesem Zylinder einen veritablen wohlschmeckenden Eierkuchen.

Herrn Salandrinis Gefährt, das mit einigen kleinen Fenstern versehen und ziegelrot angestrichen war, rollte, von einem schwermütigen und betagten Pferde gezogen, über die Oderbrücke rumpelnd in die Stadt ein. In seiner Begleitung befanden sich noch seine Frau: Bella, die Schlangendame, die schwebende Jungfrau, das überirdische Medium und eine Person, welche den prosaischen Namen Hugo führte.

Herr Salandrini, der sich mit Weltgeschichte und Politik noch nie in seinem Leben befasst hatte (und es auch fürder nicht zu tun gedachte, da er Steuern zu zahlen weder willens noch fähig war), verwunderte sich nicht wenig, die kleine Stadt in heller Aufregung zu finden. Alle Leute liefen durcheinander, die Kinder schrien und sangen, und die Frauen sahen besorgt aus den Fenstern.

Nichtsdestoweniger lenkte Herr Salandrini seinen Wagen ruhig und besonnen nach dem Salzplatz, wo an Jahrmärkten die Würfelbuden prunken und die Karussells sich munter drehen, um dort sein "Interessantes Wundertheater" aufzuschlagen.

Er hatte mithilfe der schwebenden Jungfrau gerade den ersten Pflock in die Erde getrieben, einen Strick darum geschlungen und Hugo daran gebunden, als sich federnden Schrittes der dicke Polizist Neumann nahte, der ihn ebenso bestimmt wie freundlich darauf aufmerksam machte, dass er sich die weitere Mühe der Errichtung seines "Interessanten Wundertheaters" sparen könne. Der Krieg sei erklärt. Die für heute Abend angesagte Vorstellung könne vom Bürgermeister in Anbetracht der ernsten Zeitumstände nicht mehr gestattet werden. Es gehe jetzt um andere Dinge als um den Eierkuchen im Zylinder oder um den Gedanken lesenden Bären Hugo. Kein Mensch habe Lust, sich derlei abenteuerlichen Unsinn jetzt anzusehen. Er möge sein "Interessantes Wundertheater" bis auf günstigere Zeiten suspendieren. Damit entfernte sich der Polizist Neumann, freundlich und bestimmt, wie er gekommen war.

Herr Salandrini war wie vor den Kopf geschlagen. Die Möglichkeit eines internationalen Konfliktes, der ihn um Beruf und Brot bringen konnte, hatte er nie im entferntesten in Berechnung gezogen. Auch Hugo, der Gedanken lesende und wahrsagende Bär, hatte ihn davon in Kenntnis zu setzen verabsäumt, ja, er schien selber noch nichts von dem drohenden Unheil, das sich auch über seinem Haupte in dunklen Wolken zusammenballte, zu ahnen. Er saß klein und verhungert neben dem Pflock, knabberte wie ein Kind an seinen Pfotennägeln und starrte mit jenem Ausdruck beseelten Stumpfsinns vor sich hin, der unsere Lachmuskeln eben so reizt, wie er unser Grauen erweckt.

Herr Salandrini setzte sich auf die Wagendeichsel und sann den ganzen Tag, was er nun anfangen solle, um sich und seine Familie durchzubringen. Er hieß eigentlich Schorsch Krautwickerl und war aus Bamberg. Zum Heeresdienst würde man ihn nicht mehr einziehen, dazu war er zu alt. Im Übrigen war er sich sehr klar, dass er augenblicklich bei niemand auf Verständnis und Teilnahme für seine merkwürdigen Kartenkunststücke und die erstaunliche Begabung des Gedanken lesenden Bären Hugo zu zählen habe.

Er sann mehrere Tage. Dann ging er auf das Bürgermeisteramt und bat um irgendeine, wenn auch die geringste, Arbeit. Die schwebende Jungfrau und der Bär blieben in banger Erwartung zurück. Sie teilte schwesterlich mit ihm eine alte Brotkruste.

Herr Salandrini kehrte mit der frohen Botschaft zurück, dass er als Koksarbeiter bei der städtischen

16

Gasanstalt Verwendung gefunden habe. Das war wenigstens etwas, wenn auch nicht viel, denn das Gehalt, das Herr Salandrini empfing, reichte kaum für einen Magen (der Bedarf an Koksarbeitern ist schon im Frieden nicht nennenswert). Wenn also die schwebende Jungfrau zur Not noch mit versorgt war - vielleicht fände sie in der Stadt eine Stelle als Aufwaschfrau? -, was sollte aus dem kleinen, sowieso schon halb verhungerten Bären, ihrem Liebling, Kapital und Abgott werden?

Am nächsten Tage erschien in der Zeitung ein Inserat: "Edle Herrschaften werden um Abfälle gebeten für den wahrsagenden Bären des Zauberers Salandrini."

So sättigte sich der Bär Hugo von nun ab an den Abfällen edler Herrschaften, die ihm nicht so reichlich zukamen, dass sie ihn völlig befriedigten. Er saß auf dem Salzplatz, an seinen Pflock gebunden, unter Aufsicht der schwebenden Jungfrau, welche Wäsche ausbesserte, und der Herbstregen wusch seinen Pelz. Es wurde Spätherbst, und der Bär fror. Sein Pelz zitterte und seine müden Augen sahen furchtsam zum bleiernen Himmel empor. Die schwebende Jungfrau weinte.

Da kam Herr Salandrini auf einen guten Gedanken. Er war ja Koksarbeiter an der Gasanstalt. Er bat den Magistrat um Erlaubnis, den Bären in einen leeren warmen Raum der Gasanstalt, neben den großen Öfen, unterbringen zu dürfen. Der Magistrat, der sich von der Harmlosigkeit des halb verhungerten und schwächlichen kleinen Bären längst überzeugt hatte, gab die Einwilligung, und der Bär hockte nun hinter einer hölzernen Gittertür und blickte mit traurigen Augen in die feurige Glut der Öfen. Hin und wieder besuchten ihn die Kinder des Gasanstaltsinspektors

und brachten ihm ein Stück Kriegsbrot oder Küchen-
reste. Er fraß alles, was ihm zwischen die Zähne ge-
stopft wurde.

Eines Morgens aber lag er tot hinter dem Gitter, und
das rosa Licht der Öfen tanzte über sein dunkel-
braunes spärliches Fell.

Herr Salandrini war erschüttert, aber als Koksarbeiter
hatte er keine Zeit zu langen Meditationen. Die
schwebende Jungfrau warf sich schreiend über den
toten Bären und das Ganze sah aus wie ein Bild von
Piloty.

Ob der Bär an Gasvergiftung oder an Unterernährung
zugrunde ging, war nicht festzustellen.

Herr Rechtsanwalt K. kaufte Herrn Salandrini das
Bärenfell samt dem Kopfe ab. Herr K. ist im Begriff,
die Stadt zu verlassen und in Z. eine neue Praxis auf-
zunehmen. Er wird sich das Fell des wahrsagenden
Bären Hugo in seinem Herrenzimmer an die Wand
nageln, und wenn er Freunde bei sich zu Gast hat,
wird er mit einer großen Gebärde auf das Fell deuten,
seine Zigarrenasche nachlässig abschlagen und zerstreut zu erzählen beginnen:

"Als ich noch in den schwarzen Bergen Bären jagte ..."

Im Russenlager

Hier spürt man an einem Tage mehr vom Krieg als in München in fünf Monaten. Kaum war ich in C. eingetroffen, sah ich schon einen Zug von etwa dreihundert gefangenen Russen, die in einem langsamen schläfrigen Marsch, von Landsturmleuten mit aufgepflanzten (erbeuteten französischen) Bajonetten eskortiert, durch die Straßen zu ihrer Arbeitsstätte zogen. Einmal fassten sie Tritt. Sie schmeißen nicht die Beine wie unsere Soldaten, sondern stampfen mit gebogenem Knie den Boden. Wie Pferde bei verhaltenem Trab. Eine unpraktische und sicher sehr ermüdende Art zu marschieren.

Sie waren zum größten Teil vorzüglich mit hohen schwarzen Juchtenstiefeln und dicken lehmfarbenen Mänteln ausgerüstet. Einige wenige gingen in Holzpantinen und hatten sich aus umgeworfenen Tüchern phantastische Uniformen hergestellt. Einige sahen wie Mönche oder fromme Pilger aus, die mit leidenden Gesichtern wie zur Melodie eines unhörbaren Trauermarsches marschierten. Einer in dottergelbem Umhang leuchtete, gleichsam ihr Götze und wie die Inkarnation ihrer gefangenen Sehnsucht, der braunen Kolonne weit voraus. Am Schluss krochen kleine greisenhafte Kerle mit gelben zerknitterten Masken: Kirgisen und Mongolen aus den sibirischen Regimentern. Kosaken sah ich keine. Auch später bei meinem Besuch im Lager nicht. Es sind sicher welche darunter, aber sie haben sich unkenntlich gemacht. Wenn man nach Kosaken fragt, glauben sie, man wolle sie für die Kosakengräuel in Ostpreußen verantwortlich machen und spießen oder hängen. Ein hagerer, verkommener Bursche in schwarzer Pelzmütze, den ich als Kosak anredete, hob beschwörend wie ein Heiliger auf frühmittelalterlichen Kirchenfenstern beide Hände gegen mich und sagte: "Oh, oh, nix Kosack, nix Kosack."

Die Holzbaracken, in denen die Russen wohnen, sind hoch und luftig und sehr gut ventiliert. Einige Baracken gehen halb in den Erdboden. Die Lagerstätten oder Betten sind dreifach übereinander gestaffelt: Die Gefangenen schlafen auf Holzwollsäcken und erhalten als Oberbett feste Wolldecken. Jede Baracke wird von einem großen Ofen geheizt. In einigen Baracken sind noch einige kleine Kochöfen vorhanden, wo die Leute sich ihr Essen aufwärmen oder Tee kochen können. Die hölzernen Tische, auf denen sie essen und arbeiten, lassen sich durch sinnreiche Vorrichtung (Umklappen der Platte) in große, mit Zinn ausgeschlagene Waschschüsseln verwandeln.

In der Küche kam ich gerade dazu, wie das Mittagessen ausgeteilt wurde. Ein Koch eines großen Berliner Hotels ist Oberkoch; ihm unterstehen zwei Dutzend russische Köche. Es gab heute Reisfleisch, das heißt Rindfleisch in einer dicken Reissuppe. Zehn Zentner Fleisch waren dazu verarbeitet.

Jeder Mann empfängt einen Liter, Leute, die den Vormittag streng gearbeitet haben, anderthalb Liter. Dazu erhält jeder den Tag ein Pfund (in der Stadt gebackenes und auch von den Einwohnern gern gegessenes) "Russenbrot" -- mit Kartoffelmehl durchsetztes Roggenbrot.

In der Hauptbaracke sang uns der russische Gesangverein, der unter Leitung eines gefangenen Petersburger Musikdirektors steht, einige slawische Lieder vor. Zuerst das Glockenlied. Der Vorsänger führt die

Melodie. Alle anderen singen im Bass wie Glocken. Zuletzt sangen sie das schwermütige Lied ihrer Erinnerung an die Heimat:

Sag, wo bist du nur, geliebte Heimat?
Wo die Sterne sind, bist du gewiss.
Mädchen, liebes Mädchen, ich muss reiten
In die Ferne und die Finsternis.
Wenn die goldnen Augen nachts vom Himmel sehen,
Denk an mich, der in die Fremde ritt.
Alle Wolken, die von Westen wehen,
Bringen meine Sehnsucht mit.

Ein blutjunger Russe, Infanterist eines Odessaer Korps und bei Suwalki gefangen genommen, stand an die Wand gelehnt, für sich allein, stützte den Kopf in die Hand, schloss die Augen und sprach die Verse leise mit. Seine Lippen bebten und seine Wimpern zitterten. Einige, die faul auf ihren Betten lagen, hielten den Atem an und wussten nicht, wohin sie sehen sollten.

Der merkwürdigste Insasse des Lagers und wert, namentlich genannt zu werden, war der Hund Samuel. Er wurde (eine Art Terrier mit leichtem Einschlag von Dackel) vom Osteroder Landsturmbataillon in der Schlacht bei Tannenberg "erbeutet". Da man sich mit ihm nicht zu verständigen vermochte, gab man ihn an die Russen zurück und internierte ihn im Lager von C. Aber auch die Russen wussten mit ihm nichts anzufangen: Er hörte weder auf Russisch noch auf Polnisch. Bis ein Jude, Kaufmann aus Lodz, auf den Gedanken kam, jiddisch mit ihm zu reden. Der Hund sprang, halb irrsinnig vor Freude, verstanden zu werden, an seinem neuen Freunde empor, wedelte mit dem Schwanz, und seine braunen Augen leuchteten wie die eines fröhlichen Kindes. Der Hund musste im Besitze einer alten jüdischen Familie gewesen sein und war wahrscheinlich mit mehreren Juden bei Tannenberg zu den Deutschen übergelaufen. Er wurde von den Russen spöttisch Samuel genannt. Er vertrug sich mit keinem rechtgläubigen Russen, bellte sie tapfer an und nahm nicht die verlockendsten Bissen von ihnen.

Der jüdische Kaufmann und die anderen russischen Juden des Lagers gewannen ihn sehr lieb. Manchmal dachten sie: wenn nur alle Juden so viel Mut gegen die Russen aufbrächten wie dieser Hund. Dieser Hund, so spürte man, hasste die Russen aus einer Seele heraus. Und da er ein Tier war, legte er seiner Vernunft keine Zügel an, trug seinen Hass unverhohlen zur Schau und biss die Russen in die hohen Stiefel. Weil er zu allem Überfluss noch ihre Fleischportionen stahl (die er aber nicht fraß, sondern verscharrte), griff eine heftige Missstimmung gegen ihn unter den Russen Platz. Und da man sich nicht an die wirklichen Juden halten konnte (man war doch nicht in Russland), erkor man den jüdischen Hund zum Opfer eines Pogroms. An einem Sabbat fanden ihn die Juden erschlagen hinter der Latrine. Sie waren keine Tiere, sondern Menschen, und außerdem in hilfloser Minderzahl. Was würde es nützen, die Russen anzubellen, da man sie nicht beißen durfte? Sie gruben dem Hunde Samuel ein Grab, und ein gefangener Rabbiner hielt ihm die Leichenpredigt, als wäre er einer der ihren gewesen und ganz ein Jude.

Blumentag in Nordfrankreich

Wir vom ...ten Landsturmbataillon sind der x-ten Etappeninspektion zugeteilt und haben zurzeit als Garnison eine kleine Stadt in Nordfrankreich. Wir brennen Tag und Nacht Posten: auf den Bahndämmen, vorm Lazarett, unter den Brücken. Von abends sechs bis morgens zehn steht eine Wache auch vorm Bordell. Jeden Morgen um halb Zehn werden die Mädchen durch unsern Stabsarzt untersucht und kontrolliert. Es sind neun an der Zahl. Acht Französinnen und eine Deutsche. Die Deutsche ist ein kleines blondes Ding aus Hamburg. Wenn Leute von uns das Bordell besuchen, hält sie den Kopf gesenkt und sucht mit den Augen zu flüchten. Um keinen Preis der Welt würde sie sich einem Deutschen verkaufen. Wenn wir sie sehen, erröten wir. Um der schmerzlichen Situation zu entgehen, reißen wir dumme und überlaute Witze und lachen, blechern wie Grammophone. Oder einer setzt sich ans Klavier und spielt: "Die schwarzbraunen Mädchen, die hab' ich so gern." Dann geht sie hinaus und weint. Sie ist ja blond. Die Einwohner der Stadt, Magistratssekretäre, kleine Steuerbeamte, bessere Kaufleute bevorzugen offensichtlich die Deutsche. Sie sehen sie in den Augen ihrer eigenen Landsleute erniedrigt und weiden sich an ihren Qualen. Madame ist entzückt von ihr, denn sie macht das meiste Geld. "Wo ist die deutsche Kuh?" brüllen die Steuerbeamten, und einer nach dem anderen will ihr für sein Geld einen Tritt versetzen. Ich sprach sie neulich. Sie heißt Leni. Sie will sich die Pulsadern durchschneiden. Sie erträgt dieses viehische Leben nicht mehr. Ich überlegte, wie ihr zu helfen sei. Sie musste heraus aus dem Bordell. Aber Madame wird sich kreischend wehren. Man müsste ihr Geld, viel Geld bieten. Ich sprach mit dem Major, und er gab gern die Erlaubnis für eine Sammlung zu ihren Gunsten innerhalb unseres Bataillons. Er zeichnete als Erster zehn Mark. Und nach ihm alle Offiziere und alle die gesetzten bärtigen Landsturmmänner, größtenteils würdige Familienväter. Keiner, auch der ärmste nicht, schloss sich aus. So kauften wir Leni um den Preis von 1200 Franken von Madame los, kleideten sie von Kopf bis zu Fuß neu ein und schickten sie mit dem nächsten Lazarettzug, der zurückging, nach Aachen. Kaum, dass sie ihr Glück zu fassen vermochte. Sie wollte uns allen einzeln die Hand küssen und steckte jedem, den sie in der Eile erreichen konnte, eine bunte Papierblume an den Rock.

Briefmarke auf der Feldpostkarte

Hauptmann R. schied ungern von seiner schönen jungen Frau, die er vor einem Jahre geheiratet hatte, und die, 18 Jahre alt, noch heute ein Kind war. Er brachte ihr jene väterlichen Gefühle entgegen, die dem Manne über 35 Jahren so leicht werden. Wie sollte er aus der Ferne für sie sorgen? Sie war seiner Sorge ewig bedürftig. Und ein hilfloses kleines Mädchen ohne seine leitenden Blicke, Gebärden und Worte, mit denen er sie bald zärtlich, bald streng wies oder verwies. Sollte er sie ihren Eltern, dem Zahnarzt P. und seiner Gattin, für die Dauer des Krieges anvertrauen? Er war froh, dass er sie deren seelischen Plombierapparaten und Kneif- und Brechzangen entrissen hatte. So ließ er sie in der Obhut einer älteren Tante, welche schlecht hörte, aber vortrefflich und ausdauernd Klavier spielte. Er hoffte, dass Annette (so hieß die schöne junge Frau) den Tröstungen der Musik nicht unzugänglich sei und mit ihrer holden Hilfe die Trennung leichter überwinden werde. Nun ist Chopin nicht die rechte Musik, jemand auf helle Gedanken zu bringen. Aber was blieb dem älteren Fräulein übrig, als Chopin zu spielen? Da sie ihn und nur ihn seit 43 Jahren spielte? Sie spielte Chopin, und Annette lauschte, seufzend und strickend.

Zum Abendbrot erschien jeden Mittwoch und Samstag ein entfernter Vetter von ihr, ein junger Postreferendar, welcher entweder als unabkömmlich erklärt war oder dem ungedienten Landsturm angehörte. Er erzählte ihr von seiner Briefmarkensammlung, und sie lachte gern mit ihm. Eines Mittwochabends küsste er sie im Korridor. Und den Samstag darauf

wussten sich ihre Lippen kaum zu trennen. So in-
einander verbrannt waren sie.

Hauptmann R. machte Namur und Charleroi mit. Er
wurde in den Straßenkämpfen schwer verwundet und
in das Lazarett von Lüttich eingeliefert. Hier lag er
nun und träumte fiebernd von seiner jungen, schönen
Frau, welche noch ein Kind war. Sollte er ihr schreiben lassen, wie es um ihn stünde? Eine nie zuvor be-
griffene Eifersucht ließ ihn heftiger glühen, da er sein
Weib blühend und gesund und sich selber für alle
Zeit verkrüppelt und verstümmelt fühlte. Er diktierte
der Schwester eine Feldpostkarte: "Liebe Annette, ich
liege leicht verwundet im Lazarett von Lüttich, Du
brauchst Dir keine schlimmen Gedanken zu machen.
Sei umarmt von deinem getreuen Gerd." Aber auf die
Feldpostkarte klebte er eine belgische Briefmarke. In
den Tagen ihrer Verlobung hatten sie ihre heimlichen
Liebesgeständnisse immer in winziger Schrift unter
der Briefmarke verborgen.

Die Feldpostkarte langte eines Samstagabends an.
"O", sagte Annette bedauernd, "er ist leicht verwundet. Aber es geht ihm gut." "Zeig einmal die
Briefmarke", sagte der Postreferendar. "Willst du sie
für deine Sammlung haben?" fragte Annette und begann, sie vorsichtig abzutrennen. Leise erschrak sie
und las: "Wenn es Dich treibt, im Gedächtnis unserer
Brautzeit die Marke zu entfernen, so weiß ich, dass
Du mich noch liebst wie einst, und dass Du stark
genug bist, auch das Entsetzlichste zu vernehmen und
mit heiligem Herzen zu tragen: Meine Augen sind
erblindet, meine Füße von einer Granate zerrissen. Ich
bin nur noch ein Stumpf. Sei stark. Es liebt Dich wild
wie je Dein Gerd." Annette fasste sich an die Brust. Sie
wollte schreien. Der Postreferendar war erblasst. Im

Nebenzimmer spielte die Tante einen Chopinschen Walzer. Wie zwei zerschossene Vögel fielen die Augen der Annette tot in sich zusammen.

Der Flieger

Als der Fliegerunteroffizier Georg Henschke, Sohn eines märkischen Bauern, vom Kriege nach Hause auf Urlaub kam, stand sein Heimatdorf schon einige Tage vorher Kopf. Bei seiner Ankunft lief alles, was Beine hatte, ihm halber Wege, einige Beherzte sogar eineinhalb Stunden bis zur Bahnstation Baudach entgegen, und die Kinder und die halbwüchsigen Mädchen saßen auf den Kirschbäumen, welche die Straße säumten, die er kommen musste.

Nun war er da. Das ganze Dorf drängte sich eng um ihn, dass er kaum Luft holen konnte, seine Mutter weinte: "Georgi, mein Georgi!", und der Pastor sagte: "Welch eine Fügung Gottes!" "Kinder," lachte Georg Henschke, "Kinder, ich habe einen Mordshunger!" Da stob man auseinander, um sich gleich darauf zu einem Zuge zu gruppieren, der ihn würdevoll zur Tafel geleitete. Sie war unter freiem Himmel aufgeschlagen. Das Dorf nahm sich die Ehre, ihm ein Essen zu geben. Man zählte ungefähr sieben Gänge, und in jedem kam in irgendeiner Form Schweinefleisch vor. Dazu trank man süßen, heurigen Most.

Nach dem Essen, als der Wein seine Wirkung tat, wurde man keck. Man wagte Georg Henschke anzusprechen, zu fragen, zu bitten. "Georgi," staunte zärtlich seine Mutter, "du kannst nun fliegen!" "Wollen Sie uns nicht einmal etwas vorfliegen?" fragte schüchtern die kleine Marie. "O," lachte Georg Henschke, "das geht nicht so ohne Weiteres. Da gehört ein Apparat dazu!" "Er hat ihn sicher in der Tasche," grinste verschmitzt der Hirt, "er will uns nur auf die Folter spannen." "Ein Apparat, das ist so etwas zum Aufziehen?" fragte seine jüngste Schwester Anna. Denn sie dachte daran, dass er ihr einmal aus Berlin einen Elefanten aus Blech mitgebracht hatte. Eine Stange lief unbarmherzig durch seinen Bauch, und wenn man sie ein paar Mal herumdrehte, begann der Elefant zu wackeln, mit seinem Rüssel auf den Boden zu klopfen und plötzlich wie ein Wiesel und in wirren Kreisen im Zimmer herumzulaufen.

"Nein," sagte Georg Henschke, "ich habe den Apparat nicht bei mir, denn er gehört dem Staat." "So, so," meinte der Hirt mit seinem weißhaarigen Kopf, "der Staat. Das ist auch so eine neue Erfindung." "Ganz recht", lachte Georg Henschke.

"So erzähle uns doch etwas vom Fliegen, und wie man es lernt, Georgi", bat seine Mutter. Sie war so stolz auf ihn.

Da stand Georg Henschke auf, und alle mit ihm.

"Gut, ich will es tun. Hört zu!"

Er sprang auf einen Stuhl. Sie scharten sich um ihn. Aufgeregt, seinem Willen hingegeben, wie die Herde um das Leittier. Sie hoben ihre Köpfe, sehnsüchtig, und der blaue Himmel lag in ihren Augen. Georg Henschke aber reckte die Arme, schüttelte sie gegen das Licht, in seinen Blicken blitzte die Freude des Triumphators, und als er sprach, flammte es aus ihm. Er selber fühlte sich so leicht werden, so lächelnd leicht, der Boden sank unter seinen Füßen, seine Arme breiteten sich wie Schwingen, wiegten sich, und wie ein Adler stieß er hoch und steil ins Blau.

Das ganze Dorf stand wie ein Wesen, das hundert Köpfe in den Himmel bog. Und sie sahen Georg Henschke im Äther schweben, ruhig und klar, fern und ferner, bis er ihren Blicken entschwand.

Der Korporal

Es war in der letzten Hälfte des August 1914, als man den Korporal Georges Bobin vom III. französischen Linienregiment gefangen einbrachte.

Er sah wie aus dem Ei gepellt aus: schmuck, reinlich, rasiert, mit erdbeerroten Hosen und einem blauen Frack von tadellosem Schnitt.

Er stellte sich dem Husarenoffizier, der ihn verhörte, verbindlich lächelnd vor: als Monsieur Georges Bobin vom III. französischen Linienregiment, gebürtig da und da her ... natürlich aus dem Süden ..., im Privatberuf Sprachlehrer. Er kenne die Deutschen. Oh là là. Er werde die Deutschen nicht kennen. Drei Jahre hintereinander war er vor Ausbruch des Krieges in Deutschland. Eine lange Zeit. Drei Jahre. Wenn man drei Jahre das Mittelländische Meer nicht sieht. Und Marseille, dieses romantische Drecknest, nicht riechen darf. Denn: es gibt Städte, die man sieht. Florenz zum Beispiel. Und Städte, die man hört. Berlin zum Beispiel. Und Städte, die man riecht. Marseille gehört zu den letzteren. Und da der Geruchs- mit dem Geschmackssinn Hand in Hand gehe, wenn das kühne Bild erlaubt sei, so esse man in Marseille so gut und billig wie nirgends in der Welt. Für ein paar Sous, für ein Nichts Austern und Fische in verwegener Zubereitung, gedünstet, gebraten, gebacken und gesoßt, wie sie sich der phantasievollste Gaumen des ausschweifendsten Feinschmeckers nicht vorzustellen vermag. In Deutschland, wo er an dem Realprogymnasium einer kleinen brandenburgischen Stadt zuletzt tätig gewesen sei, habe er immer Kohlrouladen und Königsberger Klops essen müssen. Nun: wie dem auch sei. Er habe sich daran gewöhnt. Er finde besonders das erstgenannte Gericht, abends zum Souper noch einmal aufgewärmt, recht appetitlich und schmackhaft. Auch der Landschaft, in der die kleine Stadt lag, könne er eine gewisse Anmut nicht absprechen. Ein wenig nüchtern. Ein wenig preußisch. Aber freundlich belebt von den Dampfern und Kähnen der schiffbaren Oder und sanft gemildert von den zärtlichsten Sonnenuntergängen. Und Weinberge stiegen am östlichen Ufer empor: mit rotem und gelbem Wein bepflanzt. Und wenn man den roten ein wenig mit Italiener verschnitte, so bekäme man den schönsten Bordeaux. Nun: er übertreibe. Gewiss. Aber ein guter Crossener ist besser als ein schlechter Bordeaux. Pardon: man wolle das alles wohl von ihm nicht wissen.

Ja, was er für Gefechte mitgemacht habe? Eigentlich gar keine. Dies, in dem er gefangen genommen worden sei, sei sein erstes Gefecht. Er habe fünfzig Patronen verschossen, habe dann vorgehen müssen, seine Kompanie sei in flankierendes Feuer geraten. Voilà.

Übrigens: er habe zu viel gesagt. Oder vielmehr zu wenig. Er habe doch noch ein zweites Gefecht mitgemacht. Ein sehr merkwürdiges Gefecht. Vielleicht das merkwürdigste des ganzen Krieges.

Das Regiment war auf dem Marsch. Man näherte sich der feindlichen Zone. Ein Dorf lag plötzlich vor ihnen. Ein unansehnliches und höchst gleichgültiges Dorf, wie ein längliches Brot in den Backofen einer engen Talmulde geschoben.

War das Dorf vom Feind besetzt?

Zwei Züge mit Patrouillen an den Spitzen wurden ausgeschickt, das Dorf zu sondieren. Der eine Zug unter dem Befehl des Korporals Georges Bobin kam von der linken, der andere von der rechten Höhe. Das Dorf sollte wie von einer Kneifzange gefasst werden.

Schleichend und äugend kam Korporal Bobin mit seiner Spitze bis dicht an das erste Haus. Er war vielleicht noch zwanzig Schritte entfernt, als plötzlich Schüsse ertönten.

Pfff ... flog ihm auch schon eine Kugel an der Nase vorbei.

Sehr ungemütlicher Zustand das. Aber weiter. In Deckung vor.

Woher kamen die Schüsse? Er befragte seine Leute. Sie sagten übereinstimmend: aus dem Hause da vorne.

Also musste das Haus vom Feinde besetzt sein.

Er kroch fünf Schritte näher.

Pfff ... neue Schüsse ... ein leiser Schrei ... einer seiner Leute war am Schenkel verwundet ... das Blut rann ihm in die Hose ... Er schickte ihn zurück zum Regiment. Die übrigen wurden unruhig und knallten unaufhörlich in das Haus hinein.

Kein Fenster im Hause war mehr ganz. Wieder ein Verwundeter ... Noch einer ... Der erste Tote ... Was sollte er machen?

Es war unmöglich, das Haus, das stark besetzt schien, frontal zu stürmen.

Er gab den Befehl zum vorsichtigen Rückzug.

Kriechend und knallend zogen sie sich zurück.

Als sie den Ausgang des Dorfes erreichten, sahen sie von der anderen Seite die zweite Kolonne sich ebenfalls knallend und kriechend zurückschrauben.

Und nun wusste er - und während er erbleichte, brach er in ein krank- und krampfhaftes Gelächter aus.

Die beiden Züge hatten sich gegenseitig beschossen!

Zwischen den Häusern und durch die Häuser hindurch.

Das Geknalle hatte aber nicht nur das Regiment, sondern die ganze Division, bei der sich auch Artillerie befand, nervös gemacht.

Den ganzen Nachmittag und Abend böllerte es noch die Täler und Dörfer entlang.

Die Artilleristen, welche eifersüchtig darauf waren, dass die Infanterie "ihr Gefecht hatte", zogen die Revolver und begannen ebenfalls zu knallen.

Und da es keine Feinde zu erschießen gab, so schossen sie auf alles Lebende, was ihnen in den Dorfstraßen in den Weg kam.

Alle Hühner, alle Enten, Kühe, Schweine, Katzen, Hunde, Kaninchen, Tauben fielen ihrer Kampfwut zum Opfer.

Die Gräben lagen voll zerfetzter und wimmernder Tiere. Pferde brüllten wie Tiger. Eine tote Katze hing wie der Kasperle im Kasperltheater nach der Vorstellung über der Rampe eines Zaunes. Eine Muttersau verblutete mitten auf der Gasse und drei lebende Ferkel sogen quietschend an ihren toten Brüsten.

Die Schlachtreihe

Unser Lateinlehrer, der alte Professor Hiltmann, war wie Fontane ein geschworner Feind aller feierlichen und hochtrabenden Phrasen. So konnte er es in den Tod nicht leiden, wenn man nach dem Lexikon acies mit "die Schlachtreihe" statt einfach und simpel mit "das Heer" übersetzte.

Der Ultimus unserer KIasse war einer derer von Falkenstein, ein herzensguter, aber dummer Junge.

Jahre gingen ins Land.

Der Weltkrieg brach aus.

Hiltmann, als geschworner Feind aller feierlichen und hochtrabenden Phrasen, konnte sich mit ihm nicht befreunden.

Es tobten die männermordenden Kämpfe vor Verdun. Da erhielt Hiltmann eines Tages eine Feldpostkarte von Falkenstein, der vor Verdun lag. Auf der stand nichts als:

"Sehr geehrter Herr Professor!
Acies heißt *doch* die Schlachtreihe ...
Ergebenster Gruß
Ihres Falkenstein."

Da stützte der alte Hiltmann den weißen Kopf auf sein Stehpult und die Tränen rannen über seine runzeligen Wangen und tropften auf die Korrekturen des lateinischen Extemporale.

Falkenstein fiel vor Verdun.

Der Feldherr

"Die menschliche Seele", sagte der junge bulgarische Offizier, der neben mir bei Tisch saß, "ist um vieles dunkler, doppeldeutiger, unvernünftiger, als uns die Psychologen beweisen und weismachen wollen. Besonders im Kriege, wo jahrtausendalte Hemmungen und Traditionen wie verrostete Riegel von morschen Türen springen, der Weg in unerklärlich helle Höhen und unergründlich grauenvolle Tiefen offen wird, offenbart sie die ganze Unerfasslichkeit ihrer Gefühls- und Willenskomplexe. Da meinen die Psychologen, weil etwas so ist, muss ein Zweites so sein. A folgt aus B und B aus C. Man konstruiert einen Parallelismus der (geistigen) Bewegungen aller Menschen und macht die Psychologie zu einer mechanischen Motivlehre, die in der Literarhistorik und besonders in der Kriminalistik schon manches Unheil gestiftet hat. Man folgert (ein holperiges Wort im Deutschen: es klingt wie "stolpern") aus Stoff- oder Stilähnlichkeiten zweier Dichtwerke, dass das eine von dem andern beeinflusst sei. Wenn ein Verbrechen verübt und jemand ermordet worden ist, muss das aus dem und dem Grund geschehen sein. Sehr richtig. Aber die Zahl der polizeilich genehmigten und registrierten Motive ist gering: Mord aus Rache, Eifersucht, Erbschleicherei, Raubmord, Lustmord. Man ist bald am Ende. Wie: wenn es bei einzelnen von uns Motive für unsere Handlungen gäbe, die — unbürgerlich, verwegen und merkwürdig - außerhalb jeder Berechnung stehen? Müsste ein solches Verbrechen bei einigermaßen geschickter Anlage nicht unentdeckt bleiben, da der Dietrich der üblichen Motivlehre versagt? Diese Erkenntnis (aus der ein Reformversuch unserer Kriminalwissenschaft und unseres Strafrechtes herzuleiten wäre) dämmert gewiss nicht mir zum ersten Male und ist, irre ich nicht, auch schon in Fachzeitschriften diskutiert worden. Aber ich schweife ab. Ich wollte Ihnen noch eine kleine Geschichte aus dem ersten Balkankrieg erzählen. Die Geschichte illustriert anschaulich meine Thesen und leuchtet gleichsam mit einer Blendlaterne in die Höhle des Ewig-Ungewissen, das wir Seele nennen. Metaphysisch heißt sie - und liegt doch unter der Erde. Ihr Zugang ist durch Gestrüpp versperrt, durch das zur Nachtzeit zuweilen die Hoffnung der Sterne mit goldenen Augen blinkt und mit fernen Glocken läutet.

General S., der Führer unserer ersten Armee, erwies sich als ein ungewöhnlich befähigter Feldherr. Er leitete alle Operationen mit einer trotzigen und selbstsicheren Gelassenheit, die ihn auch in Augenblicken persönlicher Gefahr nicht verließ. Ich erinnere mich noch sehr gut (ich hatte die Ehre, dem Stabe des Generals S. anzugehören), wie ein feindlicher Flieger Bomben auf das Hauptquartier warf. Eine Anzahl Soldaten, Chauffeure und Pferde wurden mehr oder weniger schwer verwundet und getötet. Der General zuckte mit keiner Wimper. Er hob den Feldstecher und beobachtete aufmerksam den Aluminiumvogel, der erregt und zitterig über ihm kreiste.

Dem General S. ist der große Sieg bei L. zuzuschreiben, der auf die Theorie der unbedingten Vernichtungsstrategie aufgebaut, seinen Namen in der Kriegsgeschichte unsterblich machen wird. Ich war bei dieser Schlacht als persönlicher Adjutant zum General befohlen und verbürge mich für die Wahrheit der folgenden Anekdote. Sie ist früher zu Ende, als Sie glauben werden, und eigentlich mit einem Satz zu erledigen.

Der General war den ganzen Tag von einer lebhaften Unruhe befallen. Er saß am Kartentisch, zwirbelte an seinem Bart, sah alle fünf Minuten nach der Uhr, kurz: war sinnlich gereizt und erregt, wie ein junger Mann, der seine Geliebte erwartet. Seine Anordnungen gab er nachlässig und zerstreut. Rapport nahm er entgegen, als höre er gar nicht hin, und wir gerieten in Bestürzung und Furcht, ein uns unerklärliches Leiden, das vielleicht seine Entschlussfähigkeit und sein Dispositionstalent beeinträchtige, möchte den General plötzlich befallen haben. - Der Abend brachte uns einen vollkommenen Sieg. Beide feindlichen Flügel waren eingedrückt. Die Verluste des Feindes an Gefangenen und Kriegsmaterial ungeheuer.

Der General fuhr im Auto aufs Schlachtfeld und ritt zu einer kurzen Besichtigung bis zur ersten genommenen Stellung. Sein Gesicht hatte sich verklärt und erheitert. Seine Augen zeigten einen metallenen Glanz, den wir der Freude an dem eben errungenen Sieg zuschrieben. Seine Nervosität hatte völlig nachgelassen. Er tastete mit uninteressierten Blicken über ein paar gefallene Stafetten, einen Haufen Sandsäcke, ein paar tote Infanteristen. "Gut,--gut!" sagte er, und dann ritten wir zurück. "Wissen Sie, Leutnant," er warf den Kopf zur Seite und griff in die Tasche, "ich habe eben noch zu guter Letzt einen Brief erhalten." - "Von Hause?" wagte ich zu fragen. "Von Hause. Ja. Ich bin so froh. Ich war den ganzen Tag unruhig. Ich habe gewartet auf den Brief - und da ist er." Dann schwieg er und sah in den Horizont. Er seufzte befreit: "Das Experiment ist gelungen."

Ich dachte an die gewonnene Schlacht und wollte den General von Neuem beglückwünschen. Da neigte er die Stirn und sagte leise: "Sie blüht ..."

Ich habe vom General später erfahren, was es mit diesen zwei, mir wie Ihnen im ersten Moment unverständlichen Worten auf sich hatte. Der General ist ein leidenschaftlicher Kakteenzüchter. Da hatte er eine kleine Kaktee zu Hause zurückgelassen, die ungewöhnlich schwer zu züchten und zu ziehen war. Ich kenne ihren botanischen Namen nicht oder habe ihn vergessen, denn ich beschäftige mich in meinen Mußestunden mit Ölmalerei, in der ich es zu einer gewissen Fertigkeit gebracht habe - die Kaktee musste in diesen Tagen ihre erste Blüte erschließen. Es war ungewiss. Es war kaum zu vermuten und doch so süß zu hoffen. Das Experiment gelang. Die Kaktee blühte. Was war dem General der Ruhm der großen Schlacht? Die Hoffnung auf Unsterblichkeit? Der Dank des Vaterlandes? Er gab sie dahin leichten Herzens, erschüttert und beglückt von dem Ereignis einer blühenden Blume.

Der Kriegsberichterstatter

Siegfried Silbermann, der schon den Buren- und den Balkankrieg als Kriegsberichterstatter der "Neuen Freien Trompete" mitgemacht hatte, wurde telegraphisch in das Hauptquartier von Exzellenz Eydtkuhnen, Oberbefehlshaber Nordost, berufen - jenes Feldherrn, der erst anlässlich dieses Krieges in so glänzende Erscheinung getreten ist.

Schon ehe er das Auto des Pressestabes bestieg, wurden Siegfried Silbermann mit einem dunklen Tuch wie einem Parlamentär die Augen verbunden, damit er auf der Fahrt nach der Front ja nichts zu sehen bekäme, was sich im Geringsten als militärisches Geheimnis darstellen und von ihm vielleicht als Anlass zu einer seiner hinlänglich bekannten Plaudereien benützt werden könne. Es gehört zur seelischen und beruflichen Eigenschaft des Kriegsberichterstatters, dass er nichts, aber auch rein gar nichts vom Kriege sieht: Hin und wieder nur wird ihm die Binde abgenommen, und er fühlt sich erstaunt vor einem toten Pferd oder einem niedergebrannten Haus. Darüber darf er dann als "Augenzeuge" berichten. Wendet er seinen Blick von dem toten Pferd oder dem niedergebrannten Haus ein wenig empor und in die Weite, so sieht er nichts als ein graues, ödes, endloses Feld, das sich viele Meilen bis an den Horizont erstreckt. Das nennt er dann die "Leere des modernen Schlachtfeldes".

Siegfried Silbermann schlug die Augen auf und fand sich einem ältern, stattlichen Herrn gegenüber, dessen Brust mit Orden und Ehrenzeichen übersät war. Breite rote Feldmarschallsbiesen funkelten herrisch an seinen gestrafften Beinen. Er zwirbelte nachdenklich an seinem braunmelierten, altertümlichen Bart.

Silbermann zog seinen Notizblock und notierte: martialisch.

Exzellenz Eydtkuhnen, der große Feldherr - denn er war es in eigener Person - legte seine große, knochige Hand schwer auf Siegfried Silbermanns schwankende Schulter.

Silbermann zitterte.

Er feuchtere den Tintenstift leise an der Zunge an und notierte: leutselig.

Silbermann wagte endlich, die nähere Umgebung prüfend zu betrachten.

Um ein riesiges rauchiges Lagerfeuer hockte malerisch gekrümmt eine Anzahl höherer und niederer Offiziere. Es war der Stab des Feldherrn. Sie rauchten eine Pfeife, die reihum ging: die sogenannte Friedenspfeife. Über dem Feuer wurde ein Ochse von mehreren Ordonnanzen am Spieß gedreht. Man traf Vorbereitungen zum Mittagsmahl.

"Wollen Sie mit uns speisen?" sagte Exzellenz Eydtkuhnen. Des Feldherrn Stimme rollte in gutturalen Kehllauten.

Silbermann notierte: nicht nur die Tatze, nein, auch die Stimme des Löwen ...

"Ich habe mit dem feindlichen Heerführer ausgemacht, dass die Schlacht erst nach dem Mittagessen, sobald der Kaffee abserviert ist, beginnt."

Silbermann notierte: humane Kriegführung. Es war nur ein Feldstuhl vorhanden.

Silbermann notierte: spartanische Lebensweise ...

"Wollen Sie sich nicht setzen?" lächelte Exzellenz Eydtkuhnen. "Das Schreiben und Denken im Stehen ermüdet."

"Bitte, nach Ihnen, Exzellenz", verbog sich Silbermann devot.

"Oh," wehrte die Exzellenz ab, "ich stehe schon so lange im Felde, dass ich ruhig noch ein wenig länger stehen kann."

Silbermann notierte: Beharrlichkeit ... Ausdauer ... germanische Zähigkeit ... Oben in den Lüften begann es zu pfeifen und zu surren, zu schnauben und zu knallen.

Exzellenz Eydtkuhnen murmelte erheitert: "Feindliche Aeroplane... sie haben es auf mein Hauptquartier abgesehen ... aber beruhigen Sie sich, lieber Silbermann: sie treffen nie etwas. Höchstens, wenn man sich etwa auf neutralem Boden befände, könnten sie einem gefährlich werden."

Krrrrrrtz... knautz... rum... eine Fliegerbombe platzte in fünfzig Schritt vor Silbermann.

Silbermann konnte gerade noch: Kaltblütigkeit notieren, dann fiel er in Ohnmacht. Exzellenz Eydtkuhnen winkte, und Silbermann wurde von den Ordonnanzen, die eben noch den Ochsen gebraten hatten, ins Auto des Pressestabes geschafft.

Auf der Redaktion der "Neuen Freien Trompete" war es, wo er wieder zur Besinnung kam. Noch die Abendausgabe der "Neuen Freien Trompete" brachte auf ihrer ersten Seite Silbermanns nachgerade so berühmt gewordenes Interview des Oberbefehlshabers Nordost Exzellenz Eydtkuhnen.

Vier Wochen später erschien bei der Verlags-buchhandlung Brösel & Co. "Die eiserne Mauer", Ein-drücke und Expressionen, Erlebtes und Erschautes von der Nordostfront, von Siegfried Silbermann - ein stattlicher Band in Lexikonformat.

Leuchtet Ihre Uhr des Nachts?

Ich schlenderte eines Vormittags durch die Kaufingerstraße, dachte an nichts böses, aber auch an nichts
gutes - als mir plötzlich aus dem Schaufenster eines
Uhrmacherladens ein gelbes Plakat mit blutroten
Buchstaben in die Augen sprang:

Leuchtet ihre Uhr des Nachts?

Deutsches Reichspatent! ff. Radium. Erstklassige
Qualität. Mit Garantie auf Lebensdauer. Mit Läutwerk. Mit Bellvorrichtung: schlägt an wie ein Hund
beim Nahen einer Gefahr (unentbehrlich für An-
gehörige des Heeres und der Marine). Mit Scherenfernrohr, mit Periskop für Unterseeboote.

Ich stand wie betäubt. Ein eisiger Schrecken kroch mir
vom Rückenmark ins Gehirn. Was nützte es, dass ich
rite den philosophischen Doktor an der Universität
Illinois U.S. ehrenvoll gegen Erstattung von 320 D.
bestanden hatte? Was nützte es, dass ich Antwort auf
alle Fragen des Lebens wusste, wie zum Beispiel: wa-
rum? Weshalb? Weswegen? Wozu? Was, sage ich, hat
das alles für einen Nutzen und Gewinn, wenn ich
nicht weiß, ob meine Uhr des Nachts leuchtet? Und
das, muss ich gestehen, wusste ich nicht. Aber das
gelbe Plakat mit den blutroten Buchstaben zwang
mich unerbittlich zur inneren Einkehr.

Ich fieberte den ganzen Tag. Ich aß nichts. Ich saß stier
und verstört im Café Glasl vor einer Schale Nuss und
dachte nur den ganzen Tag: Leuchtet meine Uhr des
Nachts? ... Leuchtet meine Uhr des Nachts? ...

Wenn es doch erst Abend ... wenn es doch erst Nacht
wäre!

Eine Dame mit sanften Eidechsenaugen sah immer zu mir herüber.

Es war die schönste Frau, die es auf der Welt geben konnte. Ich wagte nicht, sie anzusprechen. Ein Kreisel rotierte in meinem gänzlich hohlen Hirn:

Leuchtet Ihre Uhr des Nachts? ... Leuchtet Ihre Uhr des Nachts? ... Schließlich konnte ich es nicht mehr aushalten: Der silberne Schein, der aus den Augen der Dame floss, fiel wie Nebel auf mich.

Ich stand auf, schwankte an ihren Tisch, und indem ich höflich den Hut zog, sagte ich mit vibrierender Stimme, rasend verliebt und meiner Sinne nicht mehr mächtig:

"Leuchtet Ihre Uhr des Nachts?"

Da nahm die Dame eines ihrer sanften blauen Augen aus ihrem Gesicht und warf es mir grollend an den Kopf.

Es war ein Glasauge.

Mit einer Beule an der Stirn verließ ich das Café. Der Abend hing die dunklen Netze um Tal und Hügel, um Busch und Baum.

Die Straße war taghell erleuchtet von tausend elektrischen Äpfeln und Birnen.

Ich zog meine Uhr - aber es war viel zu hell in den Straßen; wie konnte ich beim aufdringlichen Geflimmer der tausend Lampen sehen, ob meine Uhr leuchte?

Ich nahm ein Auto und fuhr auf die Theresienwiese. Mutterseelenallein ging ich mitten auf die Wiese und zog bebend meine Uhr.

Aber siehe, ich hatte nicht beachtet, dass Vollmond im Kalender angezeigt war.

Höhnisch grinste der Mond auf dem Uhrglas.

Ich fuhr in die Stadt zurück. Meine Temperatur war auf 45 gestiegen. Ich bestand nur noch aus Schweiß, in dem, wie ein Fettauge in der Bouillon, die Uhr schwamm.

In der Schwantalerstraße sah ich ein Schild: "Keller zu vermieten." Sofort stürzte ich in das Haus und mietete trotz vorgerückter Nachtstunde den Keller zu einem geradezu lächerlichen Preise.

Ich schloss ihn sorgfältig ab, verstopfte die Fensterlöcher und Türritzen und zog wiederum, auf alles gefasst, meine Uhr.

Ich wartete ein, zwei Minuten.

Ich wartete drei Stunden.

Sie leuchtete - nicht!

Tränen traten mir in die Augen. Ich war eine verpfuschte Existenz. Mein Leben war zerstört. Was sollte ich tun: Meine Uhr leuchtete nicht ...

Was nützt es, dass ich mich mit Hindenburgseife wasche? Dass ich auf der Matratze "Immer feste druff" schlafe? Dass ich ein Portemonnaie besitze mit dem Eisernen Kreuz ins Leder gepresst? Dass auf meinem Taschentuche die Schlacht zwischen Metz und den Vogesen abgebildet ist? Dass ich eine Armbinde trage mit der Inschrift. "Gott strafe England?" Dass mein Tintenfass einen 42-cm-Brummer darstellt? Dass der Federhalter, mit dem ich schreibe, aus Patronenhülsen besteht? Dass ich mich jeden Tag mit dem nach einmaligem Gebrauch unfehlbar wirkenden Entlausungsmittel "Mackensen" entlause?

Was besagt das alles, wenn ich keine Uhr besitze, die des Nachts leuchtet?

Weinend wachte ich den Morgen heran.

Schon um 5 Uhr stand ich vor dem Uhrwarengeschäft in der Kaufingerstraße und wäre beinah von der Straßenreinigung mit betroffen worden.

Um 7½ wurde endlich das Geschäft geöffnet.

Ich schlüpfte dem öffnenden Gehilfen noch unter der eisernen Rolljalousie durch und forderte mit einer Stimme, die sich wie ein Harlekin überschlug, eine Uhr mit ff. Radiumleuchtvorrichtung. Marke Kronprinz. Mit Garantie für Lebensdauer, mit Läutwerk, Bellvorrichtung, Scherenfernrohr und Periskop.

Ich fieberte den ganzen Tag. Ich aß nichts. Ich saß stier und verstört im Café Glasl vor einer Schale Nuss und dachte nur den ganzen Tag: Leuchtet meine Uhr des Nachts? ... Leuchtet meine Uhr des Nachts?

Wenn es doch erst Abend ... wenn es doch erst Nacht wäre!

Und es wurde Abend. Es wurde Nacht. Ich saß in meinem Keller in der Schwantalerstraße - und *meine Uhr leuchtete!*

Sie leuchtete!

Sie leuchtete die ganze Nacht: kalkweiß und graugrün wie ein magischer Kreis. Immer und immer starrte ich auf den Ring der fahlen Lichter. Der sah so aus:

```
                    *


            *       *


        *               *


    *                       *


    *                       *


        *           *


                *
```

Und wie ich mich tiefer in das Bild versah, da begriff
ich: Es war der Himmel, der Sternhimmel, den ich in
der Hand hielt. Venus und Wage, Bär und Fisch
glänzten in meiner Hand. Ich hatte das Rätsel des
Lebens gefunden.

Übernächtig, aber berauscht von der Erkenntnis der
Nacht, stieg ich am Morgen aus meinem Keller empor. Da lag die Welt trübe und blass wie ein Teller
abgestandnes Wasser.

Es regnete in Strähnen und ein weißer Wind seufzte.

Die Welt ekelte mich an.

Ich schlafe keine Nacht mehr. Ich esse und trinke
nicht mehr.

Meine Wangen fallen ein, Meine Augen sind rosa entzündet.

Ich sitze im Keller und sehe des Nachts meine Uhr leuchten.

Manchmal ziehe ich sie auf, damit mein Herz nicht stehen bleibt.

Die Ballade des Vergessens

In den Lüften schreien die Geier schon,
Lüstern nach neuem Aase.
Es hebt so mancher die Leier schon
Beim freibiergefüllten Glase,
Zu schlagen siegreich den alt bösen Feind,
Tät er den Humpen pressen ...
Habt ihr die Tränen, die ihr geweint,
Vergessen, vergessen, vergessen?

Habt ihr vergessen, was man euch tat,
Des Mordes Dengeln und Mähen?
Es lässt sich bei Gott der Geschichte Rad
Beim Teufel nicht rückwärts drehen.
Der Feldherr, der Krieg und Nerven verlor,
Er trägt noch immer die Tressen.
Seine Niederlage erstrahlt in Glor
Und Glanz: Ihr habt sie vergessen

Vergaßt ihr die gute alte Zeit,
Die schlechteste je im Lande?
Euer Herrscher hieß Narr, seine Tochter Leid.
Die Hofherren Feigheit und Schande.
Er führte euch in den Untergang
Mit heitern Mienen, mit kessen.
Längst habt ihr's bei Wein, Weib und Gesang
Vergessen, vergessen, vergessen.

Wir haben Gott und Vaterland
Mit geifernden Mäulern geschändet,
Wir haben mit unsrer dreckigen Hand
Hemd und Meinung gewendet.
Es galt kein Wort mehr ehrlich und klar,
Nur Lügen unermessen ...
Wir hatten die Wahrheit so ganz und gar
Vergessen, vergessen, vergessen.

Millionen krepierten in diesem Krieg,
Den nur ein paar Dutzend gewannen.
Sie schlichen nach ihrem teuflischen Sieg
Mit vollen Säcken von dannen.
Im Hauptquartier bei Wein und Sekt
Tat mancher sein Liebchen pressen.
An der Front lag der Kerl, verlaust und verdreckt
Und vergessen, vergessen, vergessen.

Es blühte noch nach dem Kriege der Mord,
Es war eine Lust, zu knallen.
Es zeigte in diesem traurigen Sport
Sich Deutschland über allen.
Ein jeder Schurke hielt Gericht,
Die Erde mit Blut zu nässen.
Deutschland, du sollst die Ermordeten nicht
Und nicht die Mörder vergessen!

O Mutter, du opferst deinen Sohn
Armeebefehlen und Ordern.
Er wird dich einst an Gottes Thron
Stürmisch zur Rechenschaft fordern.
Dein Sohn, der im Graben, im Grabe schrie
Nach dir, von Würmern zerfressen ...
Mutter, Mutter, du solltest es nie
Vergessen, vergessen, vergessen!

Ihr heult von Kriegs- und Friedensschluss - hei:
Der andern - Ihr wollt euch rächen:
Habt ihr den frechen Mut, euch frei
Von Schuld und Sühne zu sprechen?
Sieh deine Fratze im Spiegel hier
Von Hass und Raffgier besessen:
Du hast, war je eine Seele in dir,
Sie vergessen, vergessen, vergessen.

Einst war der Krieg noch ritterlich,
Als Friedrich die Seinen führte,
In der Faust die Fahne - nach Schweden nicht schlich
Und nicht nach Holland 'chapierte.
Einst galt noch im Kampfe Kopf gegen Kopf
Und Mann gegen Mann - indessen
Heut drückt der Chemiker auf den Knopf,
Und der Held ist vergessen, vergessen.

Der neue Krieg kommt anders daher,
Als ihr ihn euch geträumt noch.
Er kommt nicht mit Säbel und Gewehr,
Zu heldischer Geste gebäumt noch.
Er kommt mit Gift und Gasen geballt,
Gebraut in des Teufels Essen.
Ihr werdet, ihr werdet ihn nicht so bald
Vergessen, vergessen, vergessen.

Ihr Trommler, trommelt, Trompeter, blast:
Keine Parteien gibt's mehr, nur noch Leichen!
Berlin, Paris und München vergast,
Darüber die Geier streichen.
Und wer die Lanze zum Himmel streckt,
Sich mit wehenden Winden zu messen -
Der ist in einer Stunde verreckt
Und vergessen, vergessen, vergessen.

Es fiel kein Schuss. Steif sitzen und tot
Kanoniere auf der Lafette.
Es liegen die Weiber im Morgenrot,
Die Kinder krepiert im Bette.
Am Potsdamer Platz Gesang und Applaus:
Freiwillige Bayern und Hessen ...
Ein gelber Wind - das Lied ist aus
Und auf ewige Zeiten vergessen.

Ihr kämpft mit Dämonen, die keiner sieht,
Vor Bazillen gelten nicht Helden,
Es wird kein Nibelungenlied
Von eurem Untergang melden.
Zu spät ist's dann, von der Erde zu fliehn
Mit etwa himmlischen Pässen.
Gott hat euch aus seinem Munde gespien
Und vergessen, vergessen, vergessen.

Ihr hetzt zum Krieg, zum frischfröhlichen Krieg,
Und treibt die Toren zu Paaren.
Ihr werdet nur einen einzigen Sieg.
Den Sieg des Todes gewahren.
Die euch gerufen zur Vernunft,
Sie schmachten in den Verlässen:
Christ wird sie bei seiner Wiederkunft
Nicht vergessen, vergessen, vergessen.